U0015699

作者｜李德和（이덕화）

從小就喜歡聞草香、摘花吃，享受陽光的溫暖，以及風吹來的奇妙感覺。他想透過繪本傳達當時在大自然中感受到的溫暖與纖細感性。以《波魯圖亞》獲選為2010年義大利波隆那國際兒童書展的「年度插畫家」。創作圖文繪本有《一百個月亮和恐龍寶寶》、《古迪啪啪》。

https://www.instagram.com/leedeokhwa_picturebook

波魯圖亞

圖　　文／李德和
美術編輯／申朗創意

總 編 輯／賈俊國
副總編輯／蘇士尹
編　　輯／高懿萩
行 銷 企 畫／張莉榮・蕭羽猜・黃欣

發 行 人／何飛鵬
法 律 顧 問／元禾法律事務所王子文律師
出　　版／布克文化出版事業部
　　　　　臺北市中山區民生東路二段 141 號 8 樓
　　　　　電話：(02)2500-7008 傳真：(02)2502-7676
　　　　　Email：sbooker.service@cite.com.tw
發　　行／英屬蓋曼群島商家庭傳媒股份有限公司城邦分公司
　　　　　臺北市中山區民生東路二段 141 號 2 樓
　　　　　書虫客服務專線：(02)2500-7718；2500-7719
　　　　　24 小時傳真專線：(02)2500-1990；2500-1991
　　　　　劃撥帳號：19863813；戶名：書虫股份有限公司
　　　　　讀者服務信箱：service@readingclub.com.tw
初　　版／2021 年 09 月
售　　價／300 元
I S B N／978-986-0796-28-5（精裝）
E I S B N／978-986-0796-30-8（EPUB）
Finding Poroutua ‧ 2019 by Treenbooks
All rights reserved
First published in Korea in 2019 by Treenbooks
This translation rights arranged with Treenbooks
Through May Agency
Traditional Chinese translation rights ‧ 2021 by SBOOKER publisher. a division
of Cite publishing Ltd.

城邦讀書花園　布克文化
www.cite.com.tw　WWW.SBOOKER.COM.TW

波魯圖亞

圖文・李德和

布克文化

今天早上，吃早餐的時候，姊姊說：

「我昨天在夢裡跟腕龍一起玩。」

「聽起來你玩得很高興！」爸爸說。

「那是什麼？」我問。

「妳連那個也不知道嗎？

腕龍就是一個很大很大的草食恐龍。」姊姊很帥氣的說。

我也想像姊姊一樣說很帥氣的話。

「啵啵棒嗝噗？稀哩噗酷醋醋叭？」

那個時候我突然想起一個很棒的單詞。

「波魯圖亞！

我喜歡波魯圖亞！」

「波魯圖亞是什麼？」姊姊問。

「呃……那是……」

姊姊看到我吞吞吐吐的，就說：

「沒有那樣的東西！」

「有，真的有！」

媽媽和爸爸好像也認為波魯圖亞不存在。

但我相信好好找一找，一定會在某個地方找到波魯圖亞。

「豆豆，我們去找波魯圖亞吧！」
我和豆豆一起爬上山去了。

「那不是波魯圖亞。
那是飛鼠。」
「汪汪！」

「汪汪！」 「這是鍬形蟲。」

豆豆用鼻子嗅了嗅，
突然跑起來了。

「等等我！」

一直奔跑的豆豆，停在一個小小的洞前面。

「哦？這是什麼洞啊？」

豆豆對著洞大聲叫

「汪汪！」

就在這個時候，

轟隆！

忽然一陣天搖地動。

「哈啾！」
隨著一聲巨大的噴嚏聲，
山突然站起來了！
「啊啊啊！」

過了一會兒，我抬頭望，
看到山大叔正低頭看著我。

「哎呀，是你們搔我鼻子的癢！你們在這裡做什麼呀？」

山大叔好大好大，可是一點都不可怕。

「我叫多慧。我和豆豆一起在找波魯圖亞。」

山大叔歪著頭問：

「波魯圖亞？」

「對，你知道波魯圖亞嗎？」

山大叔想了一下就說：

「波魯圖亞……我第一次聽說。」

這個時候，我突然想到一個好主意。

「那我可以叫你『波魯圖亞』嗎？」

山大叔一聽就很歡喜的說：

「哦，這真是個漂亮的名字！其實我很想要有個名字呢。」

「那我以後每天來這裡玩，就叫你波魯圖亞叔叔！」

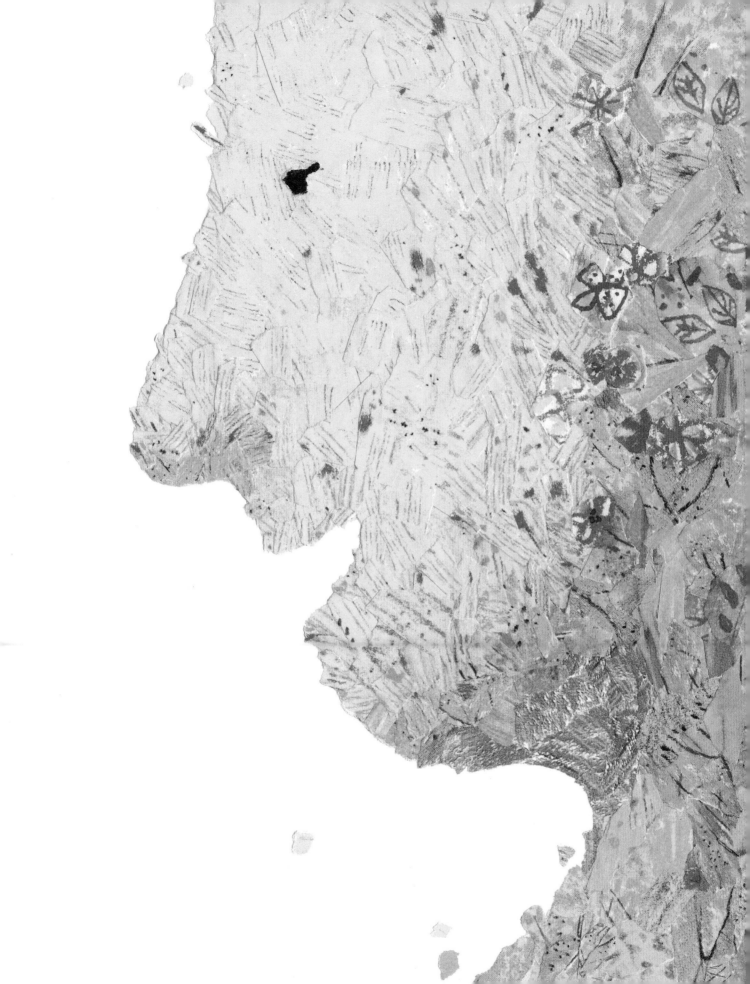

波魯圖亞叔叔很高興，

把我放在他寬大的肩膀上，奔跑了起來。

我們一直跑，　　　　　　　　有人看，我們就停下來。

不看的時候，我們又繼續跑，　　　　　　　也一邊玩捉迷藏。

沒有人認出我們。

但是叔叔的朋友們遠遠認出我們了，還跟我們打招呼。

跑了一會兒，我抬起頭，忍不住大笑：

「哈哈哈，波魯圖亞叔叔戴了一頂雲朵帽子。」

風一吹，花朵都飛揚起來，翩翩起舞。

波魯圖亞叔叔穿著繽紛的花朵衣服，看起來像一位紳士。

微風帶來花的馨香，像棉花糖一樣甜蜜。

我不知不覺在波魯圖亞叔叔的懷中睡著了。

「多慧～」

我聽到一個溫柔聲音在呼喚我。

我睜開眼睛，發現自己在家門前面。

我們約好明天再見面，就相互道別了。

「再見，多慧！」

「再見，波魯圖亞叔叔！」

一回到家，媽媽高興的抱著我：

「多慧，妳今天跑去哪裡玩了？媽媽好擔心妳呢！」

「我和波魯圖亞叔叔一起玩。」

聽到我的回答，媽媽問：

「波魯圖亞？」

我緊緊抱著媽媽說：

「對！波魯圖亞是一個高高的、穿著花花綠綠繽紛衣服的溫柔朋友。」